Petit Ours Brun
aime sa maman

Marie Aubinais • Dani[illegible]

bayard jeunesse

Petit Ours Brun aime bien
marcher avec sa maman,
ils parlent tous les deux.

Petit Ours Brun aime bien
aider sa maman au jardin.
Elle dit :
– Merci, mon grand !

Petit Ours Brun aime bien
qu'elle porte le collier
qu'il lui a fait.
Elle est belle avec !

Petit Ours Brun aime bien
qu'ils jouent tous les deux.
Elle lui dit :
– Bravo, Petit Ours !

Petit Ours Brun aime bien
lire sur les genoux
de sa maman.
Elle est avec lui.

LOTO

Petit Ours Brun aime bien
poser sa tête contre elle,
il entend sa voix,
au-dedans.

LOT

Petit Ours Brun aime
quand sa maman
lui fait un bisou, le soir,
ça lui fait du bien !

Découvre d'autres aventures de Petit Ours Brun :